www.tredition.de

Sarah Santos

Vom Schicksal verweht

Erzählungen und Anekdoten

www.tredition.de

© 2021 Sarah Santos

Cover	Sarah Santos
Lektorat	Roberta Erlberg
Fotos	Pixabay

Verlag & Druck: tredition GmbH, Halenreie 40-44, 22359 Hamburg
ISBN
978-3-347-13575-8 (Paperback)
978-3-347-13576-5 (Hardcover)
978-3-347-13577-2 (e-Book)

Sarah Santos

Vom Schicksal verweht

Erzählungen und Anekdoten

Inhaltsverzeichnis

Dieses Buch widme ich

Gottfried zum 50. Jahrestag

und allen, die unerschütterlich

an das Gute im Menschen glauben

Vom Schicksal verweht

Oktober, Berlin

Ich ziehe die Decke über den Kopf. Sie ist dünn und weiß. Verloren in dem großen Saal versuche ich Schutz in dem schmalen Metallbett zu finden. Eine Flasche Mineralwasser auf dem alten Nachtkästchen gibt mir das Gefühl, außer meinem Körper noch etwas zu besitzen. Eine Fremde unter Fremden plötzlich, das bin ich hier. Einen halben Meter links neben mir im Metallbett starrt eine ältere Frau an die hohe Zimmerdecke. Es ist still in dem großen Saal. Mittagsschlaf. Zwei Meter neben mir erweckt die weiße Holztür das Gefühl, im Durchgang zu liegen. Ab jetzt im Durchgang zu leben, ohne Privatzone, nur im Metallbett mit Nachtkästchen.

Alte hohe Fenster, jedes einzelne vergittert, lassen Herbstlicht in den großen Saal. Zwanzig Frauen liegen und leben in zwanzig schmalen Metallbetten, aneinandergereiht wie in einem Kriegslazarett. Jede von ihnen mit einem Schicksal, das ich nach und nach kennenlernen sollte. In der Mitte des großen Saales steht ein schwerer brauner Holztisch, an den sich selten jemand setzt. Armselig, kalt, einsam, verschreckt und verloren – so fühle ich mich unter meiner dünnen weißen Decke, ahnungslos, was in den nächsten Monaten auf mich zukommen sollte...

3 Monate vorher, London, England

In nassen gelben Gummistiefeln marschiere ich über den edlen Teppich im Hilton. Schließlich bin ich 14 Jahre und muss demonstrieren (rebellieren?), wie wenig ich noble britische Konventionen respektiere. Ein tiefes zufriedenes Gefühl von Selbstständigkeit, Draufgängertum und endloser Freiheit pur durchdringt jede Zelle meines Körpers. Wie fantastisch ist die Welt hier in Großbritannien! Zum ersten Mal alleine auf Reisen! Zum ersten Mal weit weg von zuhause! Zum ersten Mal erwachsen und selbstständig und frei! Mein Gott, wie schön und leicht ist das Leben mit einem Mal! Mit roten Doppeldeckern stundenlang durch London fahren, Hop-on Hop-off machen und die Stadt auf eigene Faust erkunden. Man kann ja schon so viel Englisch unter Beweis stellen, welch ein Erfolg!
Sechs Wochen alleine in Großbritannien. Vormittags zum Sprachunterricht gehen, nachmittags am Strand baden oder mit anderen Jugendlichen Ausflüge nach Stonehenge, Salisbury, Brighton machen. Was für ein Leben!! Sorglos, erwachsen und endlich selbständig!

Zurück in der Schule, Berlin
Deutsch

„Zieh keine Schau ab," zischt meine Nachbarin, „schreib den Aufsatz endlich!" Gequält denke ich: ‚ich kann nicht, ich kann nicht, ich kann nicht.' Seit 20 Minuten starre ich auf das weiße Blatt vor mir. Nichts. Ich verbiege mich innerlich nach dem Einleitungssatz. Nichts. Es kommt nichts. Kein einziges Wort bringe ich zu Papier. Die Minuten werden immer länger, immer qualvoller. Die Zeit läuft. 30 Minuten sind schon vorbei.

Was soll ich tun? Ich kann nichts schreiben, nichts erläutern, nichts begründen... alles, was mir sonst mit Leichtigkeit aus dem Füller floss, spielend von der Hand ging – es ist plötzlich weg. Meine Hände verkrampfen sich, mein Atem kommt verzweifelt und gepresst, ein panisches, zugleich tonnenschweres Gefühl legt sich auf meinen Körper, ich halte meinen Kopf schuldbewusst und schamvoll gesenkt auf das weiße leere Blatt vor mir... endlos kriechen die Minuten, schwer und schwerer wird es in meinem Kopf und meiner Seele. Als ich meine Arbeit abgebe, steht nur mein Name darauf.

Mathematik

Von fünf Aufgaben löse ich eine einzige, gebe nach langen, qualvollen Minuten das Blatt fast leer ab und erhalte auch hier die Note 6.

Latein

Die Schulaufgabe in meinem Lieblingsfach, das ich durchwegs mit sehr guten Noten bewältigte, wird zum nächsten Horrortrip: keine Vokabeln parat, keine Erinnerung an Grammatik, eine fehlerhafte Übersetzung und die Note 5.

Verschlechterung

Meine Lehrer und Mitschüler wundern sich über mich. Ich selbst bin verzweifelt, weiß nicht, was mit mir los ist. Meine Eltern sind besorgt und ratlos, melden mich in der Schule krank und lassen mich eine Weile zuhause. Ich kann plötzlich auch nicht mehr sprechen. Keine Worte mehr vorhanden. Nur quälende Traurigkeit und Niedergeschlagenheit. Leere in meinem Kopf, meinen Gefühlen, meiner Seele, ein Zustand, den ich noch nie erlebt habe, der mir völlig fremd und unverständlich ist. Gesprächen kann ich inhaltlich nicht mehr folgen, einfache Handlungsabläufe nicht mehr bewältigen. Stumpf und energielos sitze ich, starre leer vor mich hin. Schuld- und Schamgefühle ohne Ende, ich bin ein schlechter Mensch, denke ich. Zu anderen Menschen meide ich den Kontakt, weil ich nicht mehr mit ihnen sprechen kann.

Das Nicht-mehr-sprechen-Können empfinde ich als das Allerschlimmste, fühle mich wie eine Ausgestoßene unter den Menschen.

In die Stadt gehen, nein, zu viel Angst und Unsicherheit. Weinen, sitzen, schlafen, weinen, essen, trinken, weinen, schlafen, weinen, verzweifelt sein – so vergehen die Tage. Dann bringt meine Mutter mich zu einem Psychologen: „Die Probleme liegen tiefer als wir denken," wägt er nach dem Rohrschachtest ab, in dem ich mehrere Figuren als Tod und Skelette deute.

In die Schule gehe ich vorerst nicht. Zuhause ist alles dunkel, düster, schwer und voller Verzweiflung. Im Klassenbuch steht „Kreislaufstörungen". Niemand soll wissen, wie es um mich steht. Keiner findet eine Erklärung. Meine Mutter lockt mich auf den Tennisplatz, wo ich ihr mutlos Bälle zuspiele. Danach geht es mir nicht besser. Alles ist nur eine Qual, jeder Tag ist dunkel. Am liebsten möchte ich tot sein. Kontakte nach außen brechen ab, meine Mutter ist meine engste Vertraute. Als sie eines Tages zu mir sagt, „im Moment bist du krank," empfinde ich das seltsamerweise wie eine Erleichterung, da ich mich nicht mehr schuldig für meinen Zustand fühlen muss. Ständige Selbstvorwürfe „ich kann nichts, ich bin schlecht, ich bin an allem schuld, ich bin dumm, ich bin faul, etc." zermürben mein junges Selbstwertgefühl. Die zwanghafte Grübelei wird von Tag zu Tag schlimmer. Meine Freunde und Mitmenschen, die Welt und das Leben – alles ist weit weit weg von mir. Ich drehe mich nur noch um meine eigene tägliche Verzweiflung, quäle mich durch die Stunden und weiß nicht, was mit mir los ist... das Wort „Depression" kenne ich mit 14 Jahren nicht.

Zuhause im kalten Saal, Oktober bis März, Berlin

Dr. Rodenreich ist ein junger Psychiater mit freundlichen blauen Augen. Er geht nett und verständnisvoll mit mir um, stellt verschiedene Fragen, auf die ich nicht oder nur kaum antworte. Aufgefallen sei ihm, dass ich meine Bettdecke bis hoch über den Kopf gezogen habe beim Mittagsschlaf. Bald entlässt er mich wieder in den großen Saal der Kälte. Ich sei erst einmal ‚zur Beobachtung' hier auf der Station. Immer noch sagt mir niemand, was mit mir los ist. Ich weiß nur, dass ich jetzt in einem Bau der Psychiatrie bin, wo die Verrückten sind. Zum Frühstück gibt es widerliche Honigbrötchen, eine Mitpatientin an meinem Tisch ist laut und rechthaberisch. Ich sitze still da, sage kein Wort und sehe den anderen zu. Die Putzfrau wischt mit breitem Grinsen während des Frühstücks unter den Tischen durch und redet am lautesten. Sie ist mir unsympathisch. Die Tische, weiß und ungemütlich, stehen dicht an dicht. Alle Frauen sind älter als ich, meine Bettnachbarin ist einigermaßen nett und zugänglich. Kontakte knüpfe ich nicht. Ich kann es nicht. Ich grüble weiter vor mich hin den ganzen Tag. Dann schickt man mich in den Keller. Dort könne ich basteln. Mit schwarzer Wolle beginne ich zu häkeln. Die anderen kommen mir zum Teil komisch vor. Wie sie sprechen und sich verhalten ist irgendwie anders als das, was ich sonst von meinen Mitmenschen kenne. Aber einordnen kann ich es nicht.

Das schmale Metallbett und das alte Nachtkästchen sind mein Zuhause in dem großen kalten Saal mit zwanzig Frauen. Ich fühle mich hier nicht wohl, mache den ganzen Tagesablauf mit, bekomme ab und zu Besuch von meinen Eltern, grüble stumm vor mich hin, weiß nicht, was ich eigentlich hier soll. Jeden Vormittag kommt Dr. Rodenreich mit einer dümmlich lächelnden Ärztin an mein Bett zur Visite. Was soll ich sagen? Kaum etwas. Besser geht's mir nicht. Oberarzt Dr. König, der schönste Mann weit und breit, ein sympathischer Schwabe und Frauenfreund, ist in der wöchentlichen Visite wohl sehr freundlich, hilft mir aber ebenso wenig zu begreifen, was eigentlich mit mir los ist. Meine Mitschülerinnen wissen noch immer nicht, dass ich in der Psychiatrie bin. Besuche von ihnen will ich nicht, weil ich mich zu sehr schäme hier zu sein. Es geht weiter bergab mit mir.

Eines Tages befinde ich mich nicht mehr in dem Bett neben der weißen Holztür im Durchgang, sondern nehme verschwommen wahr, dass man mein Bett an die hintere Ecke des Saals vor eine Wand gestellt hat. Will man mir mehr Geborgenheit geben?

Was nun beginnt, ist die schwerste Episode in meinem Krankheitsverlauf. Ich bin inzwischen 15 geworden, habe also den Geburtstag in dem großen kalten Saal verbracht. Als meine Eltern mich am Bettende mit Geschenken überhäufen, mahnt Dr. Rodenreich, die Sache nicht zu lange auszudehnen. Später sagt er mir, es sei nicht mitanzusehen gewesen, mit welch falschem Humor meine Mutter am Bett stand und ‚feierte'. Daran erinnere ich mich nicht, weiß nur, dass ich an meinem Geburtstag im Bett liege und wenig wahrnehme.

Es geht mir jetzt sehr schlecht. Ich habe

entsetzliche Angst: Ich nehme das Salz beim Essen als Gift wahr und sage, man wolle mich hier vergiften. Ich habe Angst, es herrsche Krieg und ich sei schuld daran. Ich habe Angst, beim Baden wolle die Schwester mich verbrühen und weigere mich ins Bad zu gehen. Meine Sprache ist wieder da, doch das Denken nicht folgerichtig. Mein Gehirn filtert zunehmend falsch. Die Ärzte entschließen sich zur Elektrokrampftherapie.

Ich werde mit meinem Metallbett in einen weiteren Saal geschoben. Man sagt mir beim ersten Mal nicht, was man mit mir macht, schnallt mich fest und zieht die Spritze auf. Ich habe Angst. Entsetzliche Angst, man wolle mich jetzt umbringen. Als der Arzt das Evipan in meine Vene spritzt, merke ich noch kurz vor dem Bewusstseinsverlust, wie er einen harten Keil zwischen die Zähne setzt. Ein sehr unangenehmes Gefühl. Dann bin ich weg.

Nach stundenlangem Tiefschlaf: Ein Wahnsinnsschmerz, ein Pochen, ein Hämmern in meinem Kopf wecken mich am Nachmittag auf. Die Kopfschmerzen nach dem Elektroschock sind kaum zu ertragen. Ich bekomme keine Medikamente dagegen, die Schmerzen dauern mehrere Stunden, ich muss sie einfach aushalten. Ich habe das Gefühl, mein Schädel zerplatzt. So geht es mehrere Wochen. Eine Elektroschockbehandlung nach der anderen: Die

Angst zu sterben, die Fixierung, der Geruch des Betäubungsmittels, danach stundenlang rasende Kopfschmerzen ...

Doch was ist geschehen?

Ich kann wieder sprechen und logisch denken, ich fühle mich leichter, ich habe keine Angst mehr, ich bin nicht mehr niedergeschlagen und verzweifelt wie vor der Elektrokrampftherapie. Ich atme durch und habe wieder Hoffnung. Hoffnung eines Tages wieder das alte, fröhliche Mädchen von früher zu sein.
Meine Erkrankung als 14-jähriges Mädchen, Depression und Angst, konnte ich in 50 Jahren mit Medikamenten und guten Ärzten überwinden. Ich fühlte mich 25 Jahre sogar außerordentlich stabil, dank einer guten medikamentösen Einstellung durch einen ehemaligen guten Chefarzt.

Die Depression gehört zu meinem Leben, meinem Schicksal, mit den Jahren jedoch ist sie *„vom Schicksal verweht."*
Ich bin sehr dankbar dafür.

Eltern sterben nie

Nein, auch wenn sie schon viele Jahre tot sind, sie sind gegenwärtig in meinem Leben. Ob ich will oder nicht, sie bleiben ein merklicher Teil meines Lebens. Wie oft denke ich an Aussprüche meiner Mutter. Wie oft wünschte ich mir, mit ihr reden zu können. Wie oft sehne ich mich nach dem warmen Humor und der Gutmütigkeit meines Vaters. Nichts mehr da, einfach weg. Für immer weg. Das ist in manchen Momenten hart. Eine große, große Lücke ist plötzlich da. Doch hier gibt es ein kleines Geheimnis.

Ich habe einen sehr guten „Draht nach oben." Ab und zu kriege ich „Besuch" von meinen Eltern. Immer dann, wenn ich nicht damit rechne. Eines Abends, ich sitze in meinem Lesesessel, ist der weißhaarige Kopf meines Vaters plötzlich rechts neben mir. Wir begrüßen uns sehr freudig, wechseln wohl auch in Gedanken einige Worte.

Dann verschwindet der weiße Schopf wieder genauso unmerklich. Ich freue mich sehr, frage mich aber gleichzeitig, aus welchem Grund er wohl hier war... Wie Schuppen fällt es mir von den Augen. Natürlich - heute ist der 5.5. – sein Sterbedatum!! Ich bin baff. Zum ersten Mal hatte ich diesen Tag vergessen. Mein Vater nicht. Ich war es, die in den letzten Minuten seines Lebens seine Hand gehalten hat. Er wollte mir mit seinem „Besuch" eine Freude machen. Ich war sehr glücklich darüber.

Eine ähnliche Begebenheit spielte sich ab, als ich auf Fuerteventura war. Es war Heilig Abend. Ich wollte schlafen gehen, da war plötzlich meine Mutter neben mir. Glockenhell klang ihre Stimme, dass sie sich so sehr freue, weil ich in Fuerteventura bin, dort, wo sie früher auch jeden Winter waren. Ihre Stimme war absolut rein und klingend, so dass ich vermutete, sie fühle sich glücklich und leicht. Das Besondere an dieser Begebenheit aber war, dass sie mir ihre Freude und ihre guten Wünsche exakt an Heilig Abend gebracht hat.

Ähnliche Begebenheiten habe ich von vielen Menschen gehört. Das ist nichts Außergewöhnliches. Auch nach dem Tod gibt es seelische Verbindungen zu nahestehenden Menschen.

Szenen einer lebenslangen Ehe

Same procedure as every morning

„Kaffee Marsch !!" klingt es gut gelaunt aus dem Badezimmer, „bin föörtich" ruft er. Hektisch rennt sie hin und her, prüft die Anzahl der Gabeln für drei Scheiben Käse und verschüttet dabei die Milch.

„Verdammt noch mal," jetzt wird sie gefährlich und unwirsch. „Na, mein Henriettleinchen, einen schönen guten Morgen," will er sie küssen. „Hach, das heiße Wasser fehlt noch," ist ihre abwehrende Antwort. Nein, das merkt er nicht, dass sie im Schlechte-Laune-Modus ist und macht fröhlich weiter. „Hast du gut geschlaaaafen, mein Henriettlein? Die liebe Sonne scheint."

„Ja, ja, ja, die liebe Sonne scheint," und der Honig kleckert auf die Tischdecke. „Verdammt und zugenäht, wo ist der Honiglöffel?" zischt sie „Du könntest ja auch mal aufstehen und den Löffel holen." „Wo ist deer?" fragt er naiv und scheint die Lage langsam zu begreifen. „Na, ich sitze doch so schön," feixt er grinsend vor sich hin.
„Soll ich den Löffel holen?" – „Ach lass schon," rennt sie in die Küche.

Same procedure as every morning.

„So, mein Sunny, Guten Morgen," hat sie sich beruhigt und ist bereit für den morgendlichen Frühstückskuss, den er ihr sogleich freudig und dankbar gibt. „Reichst du mir bitte die Brötchen?" fragt sie gebieterisch. „Nein, mir schmeckt ja nuscht, was soll ich essen, Knäcke? Hab keen Apptiet," sagt sie jeden Morgen erneut und klopft mit der Brötchenkante mehrmals energisch auf den Teller. Sunny dagegen ist schwer damit beschäftigt, mit Messer und Gabel eine Salamischeibe auf sein Brötchen zu jonglieren. Die Brötchen sind stets fünfmal durchgeschnitten und sie sagt ihm, was zuerst gegessen werden muss, weil es sonst schlecht wird. Heute ist`s die Salami. Seit 65 Jahren isst er die Reste und seit 65 Jahren lacht er darüber: „Wenn wir unsern Vadder nicht hätten, müssten wir uns ´ne Sau anschaffen."

Dabei ist das noch das Geringste, was er mit Humor und guter Laune jeden Tag meistert. Er muss wohl ein doppeltes Gute-Laune-Gen haben...

Dann aber tauchen beide ab in die Wissenschaft. Der 98-Jährige liest ihr aus der neuesten Ausgabe „Gehirn und Geist" vor, welche Aufgaben Neurotransmitter haben und wie Synapsen feuern. Er stottert fürchterlich beim Vorlesen, doch sie schließt die Augen und ist hin und weg von seinem Vortrag. Ab und zu unterbricht sie ihn mit einem zischenden „lies langsam", doch anschließend schwelgen beide stundenlang in Gesprächen über das Gelesene.

„Schade, das Nanny jetzt nicht dabei ist. Sie könnte mit uns diskutieren." Doch die Tochter weiß ganz genau wie die morgendlichen Frühstücksrituale ihrer Eltern ablaufen und wird sich hüten, in diese „Idylle" einzugreifen.

Nun ist auch Henriette nicht mehr nervös. Sie sagt immer wieder „was geht es uns doch gut! Wie reich ist unser Tisch gedeckt, wir haben Butter!" Und schon beginnen die Geschichten über die Nachkriegszeit, in der man keine Butter hatte. Liebevoll ergreift Sunny die dünne Hand der 96-Jährigen und sagt dankbar lächelnd: „und dass wir noch zusammen sind..."

Ja, das ist toll, dass sie noch zusammen sind, mehrfach dem doppelten Gute-Laune-Gen von

Sunny zu verdanken.

Henriette und Sunny haben sich nach 65 Ehejahren immer noch etwas zu sagen!! Das ist selten. Obwohl sie mindestens siebenmal am Tag streiten, sie sind zusammengeschweißt wie kein anderes Paar. Sie haben gemeinsam im selben Unternehmen gearbeitet, gemeinsam fast die ganze Welt bereist, gemeinsam mit 70 Jahren noch selbst ein Haus gebaut, und ihre „Andersartigkeit, aber Gleichwertigkeit" - wie sie betonten – akzeptiert. Vorbildlich war ihre Ehe sicher nicht, doch sie hat gehalten bis zum letzten aller ihrer letzten Tage.

Same procedure as every week

„Herrgott nochmal, wo ist der Schlüssel?" kramt sie ärgerlich in ihrer Einkaufstasche, „Sunny, hast du den?" „Was denn?" fragt er schwerhörig. „Na, den Schlüssel,"- „Bitte? Was sagst du?" - „Den Schlüssel!" „Versteh nicht," - „Den Schlü – ssel!!" schreit sie. „Ach den Schlüssel. Ich denk immer Schüssel, Schüssel. Was will sie mit ´ner Schüssel. Ach so, Sekunde, Moment mal, muss ich nachsehen," kramt er jetzt auch beflissen in seiner Tasche. „Nu schließ schon auf!" kommandiert sie. Gehorsam manövriert er den Schlüssel ins

Schloss.

Das spielt sich so in etwa jede Woche ab nach ihrer Einkaufstour.

„Gibbs jetzt Kaffee?" fragt er unbekümmert. „Du bist gut, ich muss erst mal auspacken, muss die Brötchen einfrieren, muss die Sachen wegstellen, muss den Käse und muss den Schinken in den Kühlschrank tun, muss..." bestätigt sie ihre Zwanghaftigkeit mit all ihren MUSS.

Sunny verzieht sich in sein Zimmer und macht es sich dort bequem. „Lasse kramen," sagt er sich und beginnt in der neuen Zeitschrift zu lesen. Die Tür geht auf. „Sunny, guck doch mal bitte, was steht hier drauf ...?" Geduldig liest Sunny ihr vor, was auf dem Marmeladenetikett steht. Henriette ist fast blind. Aber sie trägt es mit Tapferkeit und ohne ein Wort des Jammerns. Wirklich vorbildlich.

„Wenn ich dich nicht hätte, mein liebes Sunny," lächelt sie und küsst ihn zärtlich. Sogar mit fast 100 Jahren kann es zwischen einem Ehepaar noch zärtliches Miteinander geben... Auch wenn der Schlüssel jede Woche regelmäßig gesucht wird.

Das Tor zur Welt

„Nanny," fragt Henriette ihre Tochter, „bringst du mir wieder neue Hörbücher aus der Bücherei? Ich hab` schon wieder alle ‚gelesen.' - „Ja, ich bring dir neue CDs," antwortet Nanny. „Wenn ich abends nicht einschlafen kann, dann höre ich meine CDs. Weißt du, meine Hörbücher sind für mich das Tor zur Welt…" sagt Henriette leise.

Henriette hat ein Leben lang Bücher verschlungen. Umso härter hat es sie getroffen, dass sie den größten Teil ihres Augenlichts verloren hat und nicht mehr lesen kann. Sie jammert nicht, sie klagt nicht, sie bereitet die Mahlzeiten vor, macht den Haushalt noch und nimmt das Schicksal so an wie es ist. Ihr Mann bewundert ihre tapfere Haltung und wenn's 100mal am Tag sein sollte – er liest ihr geduldig und liebevoll alles vor.

Meine guten Freunde

Meine gesammelten Werte

Seit vielen Jahren sammle ich auf meinem Lebensweg „wertvolle" Menschen. Das ist nicht herablassend gemeint. Nein, es bereichert mein Leben. Ich teile es gern mit Menschen, die gute Charaktereigenschaften, Werte, Intelligenz und Herz haben. So einfach sind diese gar nicht zu finden! Aber wenn ich ihnen begegne, dann suche ich ihre Freundschaft.

„Ein Freund ist jemand, der dein Lächeln sieht und weiß, dass deine Seele weint." Ein guter Freund ist nichts Selbstverständliches. Es ist etwas sehr sehr Wertvolles.

Wenn meine Freunde mit mir fast 60 Jahre durch Dick und Dünn gegangen sind, so bereichern sie mein Leben wirklich. Dankbarkeit ist viel zu wenig, um derartige Freundschaften zu honorieren. Eine Freundin ist ein Mensch, zu dem ich so etwas wie eine „innere Liebe" spüren muss. Fehlt diese „innere Liebe" wird eine freundschaftliche Entwicklung schwierig.

Freundschaft wird in zahlreichen Sprüchen besungen. Für mich gibt es nur einen einzigen: In der Not zeigt sich der Charakter.

Simone, *die Mondäne und Intellektuelle*

Simone ist exclusive und wertvoll in meiner Sammlung. Wie lange ich sie kenne? Über 60 Jahre. Na dann.

Kurz: Simone ist eine hochintellektuelle Powerfrau mit viel Herz. Also etwas Außergewöhnliches. Wenn man sie einmal gesehen hat, vergisst man sie nicht. Gehe ich mit ihr durch unser Provinzstädtchen, ist sie ein echter Hingucker. Ihre große, schlanke Figur ist in weitbeinigen Hosen und wehendem Oberteil verhüllt. Zu ihrem pechschwarzen Kurzhaarschnitt trägt sie meist einen Hut, also mondän und um jeden Preis auffallen wollend zwischen den rotgrünen Karoblusen der einkaufenden Hausfrauen.

„Doktor Simone ist derzeit nicht zu sprechen. Hinterlassen Sie bitte Ihren Namen und Ihre Telefonnummer..." Also schon wieder unterwegs oder sie arbeitet. Arbeit ist ihr Leben. „Von 7.30 bis 10.15 bin ich heute zuhause, ruf an", klingt Simones tiefe, rauchige Stimme irgendwann mal wieder auf meinem AB. Mach ich doch.

„Naaa?" meldet sie sich langgezogen und gut gelaunt am anderen weiten Ende. „Jaaa," erwidere ich. Wir lachen. Wie gerne höre ich ihr warmes Lachen! „Frag bloß nicht, was es Neues gibt. Es gibt nichts Neues mehr in unserem Alter."

„O doch!" widerspreche ich, „bei mir gibt's fast

jeden Tag was Neues." Und schon sind wir mittendrin. Ausgesprochen angenehm, wenn man vertraut auf gleicher Wellenlänge funkt: keine steifen Eröffnungsfloskeln, keine langwierigen Erklärungen, auch nach langer Pause gleich ein Abholen auf dem aktuellen Stand, Vertrautheit und Akzeptanz von der ersten Sekunde an.

Simone ist eine Meisterin im Zuhören. Nein, im *Hin*-Hören. Begabt mit einem scharfen Gedächtnis nennt sie mir präzise Einzelheiten aus lang zurückliegenden Unterhaltungen. Man spürt förmlich das angespannte Knistern, mit dem sie hinhört. Interessiert stellt sie kurze Zwischenfragen, wundert sich ab und zu oder kommentiert kurz und selbstbewusst. Interessant für mich wird dann ihre Perspektive, hat sie doch meist eine ganz andere als ich. Mit fundiertem psychologischen Sachverstand erklärt sie mir Prozesse und Verhaltensmotive, so wie ich sie bisher nicht kannte oder nicht gesehen habe. Ihre und meine Gedanken tauchen in die Tiefe. Das brauche ich. Aber nicht nur die intellektuelle Seite an Simone ist beeindruckend. Was sie als echte Freundin auszeichnet, ist ihr einfühlsames Verstehen und Akzeptieren, wenn ich mich bei ihr ausheulen muss. Warmherzig und geduldig geht sie auf alles ein. Stück für Stück zerpflückt sie die ganze Palette unguter Emotionen, bis ich durchatme und mich wieder frei und ruhig fühlen kann. Ich bin ihr danach jedes Mal unendlich dankbar.

Julia, die Witzige und Disziplinierte

Und meine Julia ist die älteste in meiner Sammelleidenschaft.
Hinter vorgehaltener Hand prustend kichernd amüsierten wir uns vor 60 Jahren auf der gemeinsamen Schulbank über Lehrer und Mitschüler. Es gab nichts, worüber Julia und ich nicht lachen, kichern und tuscheln konnten. Eigentlich hatten wir beide immer eine Bombenstimmung. Lade ich Julia nach 60 Jahren zu meinem Geburtstag ein, ist es wieder *sie*, die gute Stimmung und viel Fröhlichkeit verbreitet. Eine Geburtstagsfeier ohne Julia wäre wie ein Sommer ohne Urlaub.
Wie haben wir aber nun 60 Jahre gemeinsam verbracht? Die ersten Schuljahre bis zum Abitur im selben Schulhaus. Aus dieser ehemals dicken Freundschaft wurde mit der Zeit eine beständige Bereitschaft den Kontakt zu pflegen, wenn auch mit den Jahren in immer größerer Ferne. Ich hätte Haus und Hof drauf wetten können: pünktlich zu meinem Geburtstag lag ein fester Briefumschlag

mit der typischen steilen Handschrift von Julia im Briefkasten. Der Umschlag meist mit bunten Blumenstickern und eine besonders schöne Karte auf einen farbigen Papierbogen geklebt waren Julias Zeilen immer etwas Besonderes. Flott und witzig klangen jedes Jahr ihre frommen Wünsche zum Älterwerden.

Stets ordentlich mit dem Füller und in einer gestochen scharfen Handschrift geschrieben waren sie zugleich der Garant für die Freude am Pflegen unserer alten Freundschaft. Und Weihnachten? War es natürlich genauso. Ab und an kamen auch Telefonate hinzu, in denen wir Altes aufwärmten oder Neues austauschten. Woher Julia ihre Energie nimmt, weiß ich nicht. Sie ist immer gut drauf und hat eine Menge Neuigkeiten zu berichten. Das aber immer in einer sehr witzigen, amüsanten Art und Weise, eine Erfrischung zwischen gelangweilten Menschen, die übers Wetter jammern.
Ihre lebenslange Treue erwies Julia mir aber nicht nur in heiteren Episoden, auch wenn es mir schlecht ging, war sie sofort für mich da, rief mich an oder schieb mir. Das rechne ich ihr hoch an. Es geht nichts über meine Schlechtwetterfreundinnen, die mit mir seit klein auf durch Dick und Dünn gegangen sind. Sie sind jetzt im Alter meine Familie.

Eva, *die Kreative und Selbstbewusste*

Sie sagte kein Wort, sah mich mit ihren großen grünen Augen nur unverwandt lächelnd an. Fast eine ganze Stunde lang spielte sich diese Szene ab. Immer wieder sah sie zu mir hin und lächelte vielsagend. Das war Eva. „Kenne ich Sie nicht irgendwoher?" fragte ich am Ende des Töpferkurses. „Ja, irgendwoher kenne ich Sie," antwortete sie. Wir rätselten eine Weile hin und her, kamen aber zu keinem Ergebnis. Das Einzige, was wir feststellten, wir lebten im selben Dorf. Das war vor 40 Jahren.

Das Telefon klingelte, es war Eva. Sie teilte mir mit, dass der Tonkurs eine Ausstellung plane und ich doch sicher meine Sachen auch gerne ausstellen würde? Wie nett von ihr, mich deshalb extra anzurufen... Es war der Beginn unserer sehr langen und intensiven Freundschaft.

Kurz darauf war ich jeden Freitagnachmittag bei Eva. Wir saßen mit ihren beiden Kindern in der Küche und tonten, bastelten oder musizierten gemeinsam. Ich bewunderte Evas kreative Fähigkeiten. Sie malte auch, war ungeheuer vielseitig neben ihrem anstrengenden Beruf als Lehrerin, ihrer Familie, Haus, Haustieren und Garten. Alles, was sie tat, tat sie mit Energie und positivem Schwung. In 40 Jahren hörte ich sie nicht ein einziges Mal jammern. Was sie anpackte, das gelang ihr auch. Nach dem Motto „wer nicht wagt, der nicht gewinnt" gestaltete sie ihre Aktivitäten mit einer gehörigen Portion Selbstbewusstsein. In dieser Hinsicht wurde sie mir ein Vorbild. Wir merkten schnell, dass wir auf derselben Wellenlänge waren. Dementsprechend intensiv waren unsere Gespräche. Eva erzählte mir später, ich sei ihr damals im Töpferkurs aufgefallen, sie habe mich als sensibel wahrgenommen und mir „irgendwie von den Augen abgelesen," was mich bewege. Ja, manchmal hatte sie auch einen sechsten Sinn.

Ich erlebte Eva zudem als patent und hilfsbereit. Wenn es bei mir brannte, war sie sofort zur Stelle. Für meine Kinder konnte sie mir viele wertvolle Tipps geben, bemerkte sie Kummer bei mir, sagte sie prompt: "ja, komm doch mal rüber." Das rechne ich ihr bis heute hoch an.

Ich konnte Eva sehr viel anvertrauen, da ich mich bei ihr auf hundertprozentiges Schweigen verlassen konnte. Wir erlebten viel Schönes gemeinsam. Eva war die Einzige in meinem Leben, die immer wieder sagte: „Ich möchte mit dir alt werden." Leider gab es auch Zeiten, in denen wir uns voneinander entfernten, Krisen, die uns unsere Grenzen aufzeigten. Das tat mir leid. Obwohl wir uns voneinander verabschiedeten, Eva lebte in meinem Herzen weiter. Ich denke noch viel an sie.

Enrico, *Der Korrekte und Aufrichtige*

Als ich Enrico auf einer kleinen Versammlung kennenlernte, schien er mir ernst, introvertiert, kühl und unnahbar distanziert, etwas zu stolz. Dieses Vorurteil sollte sich nach einiger Zeit ändern. Weiterhin distanziert, aber freundlich begegnete er mir später abermals als Vorgesetzter. Das Eis durchbrach ich mit einigem Selbstbewusstsein und voller Begeisterung für meine bevorstehende Aufgabe. Er merkte wohl, dass es mir Ernst war mit meinem Vorhaben und wurde mit der Zeit zugänglicher. Irgendwann stellte ich dann fest, hinter dieser kühlen Fassade verbarg sich eine weiche Seele und ein sehr edler Charakter: Aufrichtigkeit, Zuverlässigkeit, Klugheit, Verständnis, ein hohes Maß an Korrektheit und Kompromissbereitschaft im Umgang mit den Kollegen, immens viel Fleiß und Selbstdisziplin, hohe Führungskompetenz und Souveränität in jeder Situation. In seiner unerschütterlichen Ruhe wirkte er wie ein Fels in der Brandung, ein Vergleich zu den Stoikern lag nahe. Er hatte für jedes noch so kleine Anliegen ein offenes Ohr und wie es schien auch ein gutes Herz, denn sein beständiges Bemühen um das Gute war offensichtlich. Bald unterhielt er sich in der Pause regelmäßig mit mir, die kühle Unnahbarkeit war aufrichtiger Freundlichkeit

gewichen. Ab und zu sehe ich ihn noch. Jetzt ist er freundlich und offen.
Seine inneren Werte hatte ich anfangs wohl gewaltig unterschätzt.

Tanja, die Empfindsame und Kluge

Tanja und ich kennen uns seit 54 Jahren und ich glaube Sie fühlt sich auch sehr wohl in meinem Leben der gesammelten Werte... An Tanja hat mich jeher ihre Lebensklugheit und ihr breites Wissen über ungewöhnliche Dinge fasziniert.
Unsere Telefonate erstrecken sich meist über mehr als eine Stunde. Früher erzählte sie mir Details aus dem Schulleben und Unterricht, ich kannte ihre Schüler namentlich und nahm begierig auf, was schulisch geschehen war. Methodisch gab es viel Unterschiedliches, was zu interessanten Einsichten führte.
Tanja ist mehr als weltoffen, reist gerne in ferne Länder (auch alleine mit Rucksack) und lernt Sprachen ebenso gerne wie ich. Ihr Interesse an andersartigen Kulturen ist groß, ihr Verständnis für soziale Armut noch größer. Entsprechend großzügig unterstützt sie benachteiligte Menschen. Naturverbunden ist sie sowieso, wandert gerne und bewirtschaftet ihren Garten,

hütet kranke Hunde, die andere nicht nehmen wollen und freut sich jedes Frühjahr an meinem Vergissmeinnicht, das ich ihr vor 12 Jahren zum Einpflanzen mitgebracht habe. Tanja ist offen für kleine Dinge und Freuden im Leben. Ich habe sie in 54 Jahren nicht ein einziges Mal jammern oder klagen hören. Sie ist immer ihren Weg in Eigenregie und voller Mut gegangen.

Anderen Menschen begegnet sie mit Respekt und Wohlwollen, ist nicht so schnoddrig drauf wie ich, sondern weiß immer, was sie sagt.

Noch nach mehr als 20 Jahren kann sie schwelgend erzählen, welch zarten, köstlichen Lammbraten Hannibal einmal für uns bereitet hat. Dann steht ein Glanz in ihren Augen, der förmlich auf der Zunge zerschmilzt. Und wie enttäuscht war sie, als sie erfuhr, das Lamm sei aus einer profanen Aldi Packung entstanden. Ja, dann sei es eigentlich noch schätzenswerter gewesen!!

Mit den Jahren verband uns eine treue Freundschaft, erlebte Tanja doch auch alle meine Lebensphasen und Schicksalsschläge aus nächster Nähe mit. Ging es mir nicht gut, fragte sie mehrmals wöchentlich nach. Das rührte mich sehr, da ich das Gefühl hatte, es war ihr wirklich wichtig.

Paula, *die Musikalische und Zuverlässige*

Auch Paula kenne ich seit 56 Jahren. Uns verband die Musik, wir gingen zusammen in Konzerte und musizierten gemeinsam. Als es mir eine Zeit lang sehr schlecht ging, erwies sich Paula als die treueste Freundin aller damaligen Freundinnen.
Kapitel für Kapitel schrieb sie mir die lateinischen Übersetzungen mit ihrer schönen runden Schrift auf engem Karopapier über Wochen hinweg auf. Ich habe diese Blätter lange aufgehoben und sehe sie noch heute vor mir.

Durch Paulas Schulwechsel verloren wir uns viele Jahre aus den Augen, begegneten uns jedoch nach über 30 Jahren bei einem Klassentreffen wieder und waren sofort wieder auf derselben Wellenlänge.
Paulas scharfer Intellekt und ihre vielseitigen Interessen machen sie zu einer interessanten Gesprächspartnerin. Wir haben oft verschiedene Ansichten, kommen aber immer zu einem gemeinsamen Ergebnis und sind offen für die Meinung des anderen.

Sie ist mir eine extrem gründliche, versierte, kompetente, kritische und zuverlässige Lektorin, der ich schon mehrfach inhaltliche und sprachliche Verbesserungen von Texten zu verdanken habe. Was täte ich ohne ihre Unterstützung!

In täglichen, treuen Anrufen nimmt sie Anteil, wenn ich krank bin, lässt nicht locker, wenn sie mich 14 Tage nicht erreicht und telefoniert alle Krankenhäuser ab. Wertvoll ist ein zu geringer

Ausdruck für so eine feste, zuverlässige Freundschaft! Danke, Paula, du gute Seele!

Vincent, *der Noble und Zurückhaltende*

In meine langjährige Sammlung wertvoller Menschen gehört auch Vincent, den ich seit über 35 Jahren kenne. Anfangs schwärmte ich gewaltig für den sensiblen Pianisten und seine „Genialität." Wie konnte man nur so fein und richtig Klavier spielen, so edel und charmant sein und auch noch gut aussehen? Alle Frauenherzen schlugen sofort höher, wenn Vincent in der Nähe war.

Er selbst gehört nicht zu den großen Machos, nein, ganz und gar nicht. Höflich, nobel und zurückhaltend gab er sich im Umgang mit uns allen. Wenn es ihm zu viel wurde, konnte er plötzlich in kühle Sachlichkeit umschwenken und man wusste sofort, dass es besser ist den Rückzug anzutreten.

Aus dem gemeinsamen Musizieren von früher sind seltene Telefonate geworden. Doch Begeisterung und Freude schlagen mir entgegen, wenn ich mich melde. Es beginnen stolze Gespräche über die erfolgreichen (und weniger erfolgreichen) Kinder, die mit Doktortitel, Kunststipendium und Nachwuchs sein Leben als Vater bereichern.

Ja, und über meine Bücher hat er sich ganz toll gefreut. Aber gelesen? Nein, mal durchgeblättert. Am Morgen meines Geburtstags klingelt (fast!) jedes Jahr das Telefon und eine sonore Stimme singt „Happy Birthday to you, Happy Birthday to you..." Das ist doch nett, über die Jahre kann man sich daran freuen, sporadischen Kontakt mit dem schönen, genialen Vincent von früher zu haben.

Sybille, *die Powervolle und Energische*

Wir sind "per Sie" und doch liebe ich sie von ganzem Herzen. Frisch, energisch und tatkräftig begegnet sie kranken Menschen, verschreibt Medikamente, nimmt einem powerful das Blut ab(!) und wenn man entsetzlich heult oder traurig ist, verwandelt Sybille sich in eine sanfte mitfühlende Seele, die sofort auf derselben Frequenz schwingt. Mütterlich und warmherzig ist sie, manchmal auch genervt vom vielen Stress. Sybille hat für *jedes* Problem eine pragmatische Lösung parat, anders kenne ich sie nicht. Trifft man sie – zwar immer in schwungvoller Eile und Hektik – in der Fußgängerzone, bleibt sie tatsächlich stehen für einen Miniplausch. Das ist ungewöhnlich für jemanden wie sie.

Eine Frau, die ich bewundere: ausdauernd fleißig, zuverlässig, gründlich, schnell, hochintelligent, energisch und schlagfertig parierend, mit Humor, mütterlich und warmherzig, strotzend vor Energie und ohne Wenn und Aber ihrem Beruf gehorchend. Meine 95 Jahre alte Mutter sagte einmal: „Wenn man von Frau Dr. Sybille kommt, ist man geheilt."

Kathrin, *die Friedliche und Freundliche*

Die allerjüngste wertvolle Freundin ist Kathrin. Seit 16 Jahren kenne ich sie und was mir unbegreiflich ist: seit 16 Jahren ist Kathrin *immer freundlich und gut gelaunt*. Gibt es so etwas? Kathrin kann noch so viel Stress und Ärger haben, ihre Freundlichkeit ist stärker als alles andere. Ebenso sprichwörtlich ist ihre stete Hilfsbereitschaft, die niemals auf irgendeinen Vorteil oder Gewinn abzielt. Sie hilft spontan und gerne, bemüht sich dabei ihre vielen Termine unterzukriegen und legt dann los.

Sie ist sozial sehr stark vernetzt, kennt im Städtchen fast jeden und ist überall beliebt. Das wundert mich nicht. Beruflich war sie extrem engagiert, hatte enorme Ausdauer und Einsatzbereitschaft.

Kreativ und fantasievoll organisierte sie Events für Kinder, Jugendliche oder Erwachsene im Handumdrehen. Nicht zu vergessen: Das Ganze stets gut gelaunt und freundlich. Sie kann gut und spontan improvisieren, nimmt dabei nicht jeden Nanomillimeter so genau – Hauptsache, das Gesamtergebnis passt. Wenn ich etwas suche, frage ich Kathrin. Sie fragt den und den und den und am Ende hat sie eine Wohnung vermittelt.

Auf meine Frage, was sie sich zum Geburtstag wünscht, erhalte ich die Antwort: „Frieden in der Welt, den Rückgang der Klimakrise, keinen Krieg, keinen Hunger, dass es den Flüchtlingen gut geht..." Es sind die großen Themen der Welt, für die Kathrin steht. Seit ihrer Rente engagiert sie sich in einer menschenfreundlichen Partei und wurde auf Anhieb mit überwältigender Mehrheit zur Kreisrätin gewählt. Ich bin überzeugt, ihr „Freundlichkeits-Gen" hat seinen Anteil daran. Man sollte Kathrin mehrfach klonen für eine friedliche Welt.

Johanna und Johann, *die Sensiblen und Einfühlsamen*

Johanna habe ich von Anfang an ins Herz geschlossen. „Sonare" heißt im Lateinischen „tönen, klingen"– „Per–sonare" bedeutet das „Durchtönen, Durchklingen." Also genau das Wesentliche, was durch einen Menschen, eine Person „hindurchtönt." Es können die Seele und das Wesen eines Menschen sein, die zum Beispiel in der Stimme beim Sprechen hindurchklingen.

Bei Johanna ist mir als erstes ihre liebenswerte Stimme aufgefallen, die einen „liebenden Menschen" durch die „persona Johanna" hindurchklingen lässt. Lernt man sie näher kennen, bestätigt sich der erste Eindruck auf vielfältige und nachhaltige Weise.

In ihrer zarten, schmalen Figur steckt eine ungemein starke und lebendige, sportliche Frau voller lebenspraktischer Klugheit, Intelligenz, ansteckender Fröhlichkeit, Humor, überdurchschnittlichem Einfühlungsvermögen, Verständnis, Tüchtigkeit und Sensibilität. Mit wachen, großen und zugleich sehr schönen sprechenden grünen Augen sieht Johanna mich direkt an beim Erzählen. Zugewandt hört sie zu, denkt nach, stimmt zu, nickt verstehend, stellt kurze Fragen, erklärt, wie ein Problem im Gehirn entstehen kann, wie sich Verhaltensweisen entwickeln, festigen oder sich zum Verschwinden bringen lassen. Und plötzlich kann sie spontan und frisch voller Begeisterung lachen. Ich schätze und mag sie sehr. Ich fühle mich sehr wohl in ihrer Nähe. Sie hat viel Herz, sie verströmt Wärme und Verständnis. Ich weiß, bei Johanna treffe ich jederzeit auf ein mitfühlendes Herz.

Auch *Johann* ist außergewöhnlich einfühlsam und immer bereit, den Menschen zuzuhören und zu helfen. Mit ernstem Blick ist er voll fokussiert auf sein Gegenüber, schweift nicht vom Thema ab, sondern führt Gespräche zielorientiert und gründlich. Angenehm ist seine zuverlässige Ruhe.

Liest man seinen Lebenslauf, zieht man unwillkürlich den Hut. Was er in jungen Jahren schon geleistet hat, das macht ihm so schnell niemand nach. Heute auf der Karriereleiter ganz oben, noch immer engagiert und voller Plänen und Ideen begegnet er seinen Mitmenschen mit Respekt und in Bescheidenheit. Wirklich intelligente Menschen sind bescheiden und leise. Hochintelligent, hochmusikalisch und enorm sportlich findet er Ausgleich zur Vielfalt seiner beruflichen Aufgaben. Positiv und zukunftsorientiert zu denken ist eine Selbstverständlichkeit für ihn. Doch zermürbt er sich nicht allzu sehr für andere? Setzt er Beruf nicht zu sehr mit Berufung gleich, so dass er für sich selbst viel zu wenig Zeit zum Leben hat? Könnte er mit seinen vielen Hobbies das Leben nicht mehr genießen, wenn er kürzertreten würde?
Johann will helfen. Er will etwas leisten für andere. Er hat sein Leben in den Dienst der Menschen gestellt: das ist großartig!

Helen, *die Heitere und Reiselustige*

Helen kenne ich seit 51 Jahren. Zu Schulzeiten hatten wir wenig Kontakt, sie saß vorne links und ich hinten rechts.

Einmal erklärte sie mir den Graphen in der mathematischen Funktion und ich empfand endlose Bewunderung, weil sie das kapierte und ich nicht. Nach dem Abitur war der Kontakt abgebrochen, bis sie nach 40 Jahren in einer E-mail anfragte, ob ich diejenige welche sei, um mich fürs Klassentreffen ausfindig zu machen. Da ich diejenige welche war, führten wir ein langes Telefonat mit allen wichtigen Details unseres vergangenen Lebens. Ich erlebte Helen als lebendig und interessant im Gespräch. Im Gegensatz zu früher hatten wir uns jetzt etwas zu sagen. Sie erzählte mir von ihrer Begeisterung fürs Tangotanzen, für Südamerika, für die spanische Sprache und ihrem Unterrichtsaufenthalt in Spanien.

Wir tauschten uns rege aus über unsere vielen Reisen. Natürlich wurden auch Geschichten aus der gemeinsamen Schulzeit aufgewärmt, Lehrer und Mitschüler unter die Lupe genommen und über noch bestehende Kontakte gesprochen.

Ich mag Helen, ihre lange blonde Mähne und ihr fröhliches, warmes Lachen. Sie ist immer gut drauf, ruht in ihrer Mitte und steht dem Leben außerordentlich positiv gegenüber. Danke, Helen, dass du mir noch nach 40 Jahren die E-Mail geschickt hast, um zu fragen, ob ich diejenige welche bin. Sonst hätten wir uns nicht wieder getroffen.

Pascal, *der Eloquente und Souveräne*

Pascal erscheint auch auf meiner Liste der Wertvollen. Grundsätzlich zurückhaltend initiiert er von sich aus keine mails. Ich erhalte jedoch nach 7 Minuten eine ausführliche, nette Antwort, sobald ich maile.

Pascal ist ein sehr humoriger Mensch mit naturwissenschaftlicher Begabung. Mit positiver Lebenseinstellung, viel Sachverstand, Klugheit und Eloquenz hatte er als Vorgesetzter ausgezeichnete Führungsqualitäten.

Er meinte, „ich bin Lehrer, Vorgesetzter, Hausmeister, Mutter, Rektor, Fundbüro, Streitschlichter..." Durch einen Schuss Witz und Humor verlagerte Pascal Probleme in sympathischer Art auf eine andere Ebene ohne dabei an Souveränität zu verlieren. Als ich einmal zu seinem Schreibtisch kam, hatte er darauf in offensichtlich langwieriger Arbeit Hunderte von Papieren und Kopien systematisch und exakt geordnet. Mit den Armen fuchtelnd lachte ich: „Jetzt mache ich wuh – wuh – wuh und alle Papiere sind durcheinander." Unbeeindruckt sagte er: „Dann erschieße ich Sie." Trotz seiner Position war er zugleich Vorgesetzter, Freund und Kollege. Ich frage mich, wie man das hinbekommt!

Inzwischen ist Pascal ein rührender Großvater für seine beiden Enkel. Stolze Fotos zeigen, wie erfüllt er in seinem neuen Job aufgeht. Doch Pascal befasst sich ebenso mit naturwissenschaftlichen und philosophischen Themen. Bitte ich ihn um fachliche Informationen, erhalte ich gründlich recherchierte und detaillierte Antworten, Links und Kopien. Noch immer arbeitet er organisationsfreudig und in seiner ausdauernden Art (wie mit den Papieren auf seinem Schreibtisch). Wenn das kein wertvoller Mensch ist!

Claudia und Philipp, *die Herzlichen und Praktischen*

Dass Claudia und Philipp in meine Sammlung der Wertvollen gehören, muss nicht erst erwähnt werden. Ich habe in 67 Jahren keine zuverlässigeren Menschen kennen gelernt als

Claudia und Philipp. Es ist unglaublich, wie 500%-ig man sich in jeder Lebenslage auf beide verlassen kann.

Wenn bei mir eine Schraube locker ist, muss ich nicht erst lange im Baumarkt anstehen, Philipp greift in seine Schatzkiste und zaubert das richtige Teil nicht nur gleich hervor, er montiert und misst und schraubt und dreht so lange, bis alles wieder festsitzt. Das ist jedes Mal sehr beeindruckend. Fehlen in meinem Haushalt ein Schnappverschluss, der passende Gefrierbeutel oder ein rotes Geschenkbändchen: in Claudias durchorganisierter Logistik findet sich in Sekundenschnelle alles griffbereit. Und wie selbstverständlich und großzügig hilft sie mir grundsätzlich aus mit allem, was ich brauche!

„Guten Morgen, liebe Claudia", maile ich um 6.30 Uhr „Schon wach und beim Gießen? Wünsche euch wunderschönen Tag, LG." – „Ja, guten Morgen. Auch schon wach, aber noch im Faulmodus. Habe erst Zeitung gelesen. Werde jetzt gießen. Have a nice day. LG."

Zugegeben, es hat viele, viele Jahre gebraucht, um mit Claudia richtig warm zu werden, liegt es doch daran, dass wir sehr unterschiedlich im Wesen sind: Claudia sehr sachlich, ausgeglichen und hochpragmatisch veranlagt, ich emotional und hochsensibel.

Das Außergewöhnliche an Claudia und Philipp ist

ihre überaus menschliche Gastfreundschaft, mit der sie Tag und Nacht jeden empfangen, sofort einen Latte Macchiato, Cappuccino oder eine Apfelschorle anbieten, ein dekoratives Müsli zaubern oder die herrlichsten selbstgebackenen Kuchen hinstellen. Und wenn sie dabei sind, ein noch so volles Arbeitsprogramm abzuspulen, sie setzen sich hin, strahlen Gemütlichkeit und Gastfreundschaft aus und haben Zeit für ihr Gegenüber. Das ist eine hervorragende Charaktereigenschaft von beiden: Uns ist jeder willkommen.

Zu Claudias und Philipps Zuverlässigkeit gehört ihr *Mitdenken* im Alltag anderer. Wenn es irgendwo ein Schnäppchenangebot gibt, das in meine Wohnlandschaft passt, klingelt sofort das Telefon zur Benachrichtigung. Auch wenn ich im Gespräch nur beiläufig etwas erwähne, kriege ich eines Tages die Rückmeldung zu besagtem Ding in praktischer Form. Das ist schön. Zum Geburtstag nähte Claudia mir einen sehr praktischen Flaschenöffner.

Ich benutze ihn täglich und weiß: den hat Claudias pragmatischer Verstand entworfen.

Sprichwörtlich sind auch Claudias und Philipps Hilfsbereitschaft. Wenn ich krank war und mit dem Hund nicht spazieren gehen konnte, sofort stand Claudia vor der Tür und fragte, ob sie mit dem Hund gehen soll. Ohne Wenn und Aber, einfach so und aus freien Stücken. Inzwischen lebt mein „Wastl" im Hundeparadies von Claudia und Philipp und kann sich keinen schöneren, größeren Garten und kein liebevolleres, warmes Zuhause mehr vorstellen. Dafür bin ich unendlich dankbar.

Hannibal, der Humorvolle und Warmherzige

Ach ja, da ist dann noch der gute Hannibal mit der sanften Stimme und den großen Schuhen. An der Wohnungstür fragt er gleich, ob er sie ausziehen soll. Muss er eigentlich nicht, aber ich sage „ja", weil ich will, dass er sich bei mir wie zuhause fühlt (zuhause *muss* er die Schuhe immer ausziehen!) „Setz dich schon mal," sage ich brav, „der Kaffee ist gleich fertig" und schütte extra hochprozentige Schlagsahne in die Kanne. Wenigstens meinen Kaffee soll er in guter Erinnerung behalten. Natürlich setzt Hannibal sich nicht. Er geht auf den Balkon und begutachtet meine Pflanzen. Alles Grüngrasige zieht ihn an. Wie immer sagt er aber nichts dazu, steht mit den Händen in den Hosentaschen im Wohnzimmer, kommt schließlich in die Küche und lässt sich auf den Stuhl fallen. Langsam und eingehend wandern seine Blicke durch die Küche. Er sagt nichts. Offensichtlich hat er nichts Neues entdeckt, bzw.

vergessen, wie es hier beim letzten Mal aussah.

„So," sage ich, „ich hab heute wieder dein Lieblingsgebäck bekommen." Im Wohnzimmer buckeln wir Alten dann an einem viel zu niedrigen Couchtisch beim Essen. Dafür ist dieser – wie immer, wenn Hannibal mich besucht – mit dem besten Blümchenservice, gelben Servietten, gelben Kerzen und Blumen besonders schön gedeckt. Begeistert beißt Hannibal in das Kuchenstück, trinkt meinen guten Sahnekaffee und beginnt zufrieden vor sich hin zu mummeln.

Ich sage jedes Mal: „Du kannst den ganzen Kuchen aufessen. Ist alles für dich. Habe noch eine zweite Portion für deine Rückfahrt gekauft." Ein bisschen bemuttern tue ich ihn ja gern. „Nein, nein – ich werde zu dick" ist dann die Antwort darauf, während die Kuchenplatte zusehends leer wird.

Ich bin froh darüber: Jetzt ist Hannibal zufrieden. Er schlägt die Beine im Ikea-Sessel übereinander, ich mache es mir auf der Couch gemütlich, wir beginnen zu erzählen. Über Gott und die Welt, über Frau A und Frau B, über den Garten, Freunde, Kinder, Pferde, Unternehmungen, Urlaubsreisen, Autos, und die neuesten Ereignisse in unserem Leben, selten über die neuesten Krankheiten. Immer noch habe ich die Hoffnung, auch einmal über uns reden zu können.

Aber da Hannibal ein Mann ist, macht er sofort dicht, sobald er die Gefahr eines Gesprächs über Beziehungsprobleme am Horizont wittert. Nichts zu machen! Seit fast 50 Jahren nicht. Stets 1:0 für ihn. Ich habe mich schwer, doch irgendwann daran gewöhnen müssen. Sturheit ist ein großer Schutz für Männer.

Und doch könnte man heute aus der Distanz, in altersbedingter Milde und Nachsicht so manches von damals klären und bereinigen. Wenn man nur wollte!

Meistens fragt Hannibal – bevor er geht – noch, ob die porentiefe Sauberkeit und Ordnung in meiner Wohnung jetzt wieder für die nächsten Monate reicht. Ganz lässig kontere ich, dass es immer so aussieht bei mir (stimmt natürlich überhaupt nicht!). Aber Witz und Humor hatte

Hannibal schon immer. Und was haben wir gelacht !! Das war so schön !

Nachdem ich ihm dann die zweite Kuchenportion in Alufolie eingewickelt habe, er wie grundsätzlich im Sitzen seine großen Schuhe wieder angezogen hat, beginnt erneut das Abschiednehmen nach zwei Kaffeestunden. Mit einem flüchtigen, anständigen Kuss verabschiedet er sich ... früher standen ihm die Tränen in den Augen... Inzwischen ist's normal und pflegeleicht.

Hannibal mit der sanften Stimme und den rehbraunen Augen ist zu einer zuverlässigen und vertrauten Konstante in meinem Leben geworden. Ohne ihn ginge nichts. Rein gar nichts.

In Abständen, aber regelmäßig, klingeln die Telefone seit fast 20 Jahren. Ob es die Tomaten im Tomatenhaus verweht hat bei dem Gewitter gestern? Nein, sie sind noch gut. Und wie geht es deinem Knie und deiner Hüfte? Bist du heute früh wieder gelaufen? Haben sich Karl und Kilian wieder mal gemeldet? Was, dein Auto hast du verkauft? Hallo, wer stört? Bist du schon wieder unter die Dichter und Denker gegangen? Nein, koche gerade Nudeln. Nächsten Monat bin ich zum Italienischkurs in Florenz. Fliegt Ihr diesen Winter wieder nach Südamerika? Ja, ab Mai fünf Wochen, undsoweiterundsoweiter.

Und so entwickeln sich liebe alte Gewohnheiten über Jahre hinweg und zwei Menschen gelingt es, auf diese Weise in freundschaftlicher Vertrautheit zusammen alt zu werden ... was sie ja von Anfang an einmal fest vorhatten...

Susanna, *die Interessierte und Fröhliche*

Susanna gehört zu den Jüngeren in meiner Sammlung wertvoller Menschen, wir kennen uns seit 20 Jahren. Susanna und ich sind uns sehr ähnlich an Spontaneität, ehrlicher Direktheit, gemeinsamem Humor und vielseitigen Interessen. Wir lachen viel, sie ist immer guter Dinge, eine sehr lebensfrohe positive Frau und vor allem: rundum sympathisch menschlich. In jeder Lebenslage und rund um die Uhr bereit zu helfen, das ist keine Selbstverständlichkeit für eine beruflich und familiär sehr eingespannte Frau.

Als ich in einer Notlage war, öffnete sie mir gemeinsam mit ihrer Familie ihr Haus und ich konnte ein Jahr bei ihr wohnen. Wer macht so etwas?

Nun begab es sich, dass ich damals oft recht schnippisch war, ohne dass mir dies bewusst war. Susanna sagte sich „Nein, das brauche ich nicht," und kündigte mir die Freundschaft. Ich war überrascht und konnte es nicht nachvollziehen, zog mich zurück, aber litt darunter. Susanna fehlte mir sehr. Ich versuchte noch oft sie zu erreichen, sie wich jedes Mal aus.

Innerlich begann ich um sie zu kämpfen. Sie war es *wert*.

Eines Tages, ich weiß nicht mehr, wie es sich ergab, hatten wir ein längeres Gespräch. Susanna erklärte mir, dass sie meine abweisende Art gekränkt hatte und ich war betroffen, wie negativ ich auf sie gewirkt hatte. Das hatte ich ganz und gar nicht gewollt, es tat mir unendlich leid und ich bat sie um Verzeihung. Sie nahm an, gab mir eine Chance und seitdem blüht unsere Freundschaft besser denn je. Ich bin sehr glücklich darüber.

Nach einer Flugreise kam ich erst spät in der Nacht in Deutschland an. Spontan und energisch entschied Susanna, sie würde mich nachts um 2.00 Uhr am Bahnhof abholen und nachhause fahren. Das kostete sie mitten in der Nacht durch den dunklen Wald mindestens zwei Stunden Fahrtzeit.

So lebendig, fröhlich und energisch Susanna ist, sie hat die Fähigkeit, sich auch in Schmerz und Trauer ihres Gegenübers einzufühlen. Ihre Anteilnahme und ihr Verstehen sind jedes Mal riesengroß. Wie oft hat sie mir schon zugehört und Mut gemacht. Dafür bin ich ihr sehr, sehr dankbar.

Tamara, *die Weltoffene und Intelligente*

Tamara ist etwas Besonderes in meiner Sammlung wertvoller Freundinnen. Obwohl wir uns schon seit 56 Jahren kennen, haben wir über lange Strecken und Umwege zu einer echten Freundschaft erst im Alter gefunden. Wir gingen in dieselbe Klasse, mochten uns, hatten uns aber nichts zu sagen. Wir machten dreimal zusammen Sprachferien im Ausland, mochten uns, hatten uns aber nichts zu sagen.

Als wir uns nach über 50 Jahren wieder begegneten und beide ein gelebtes Leben hinter uns hatten, bedurfte es keiner gemeinsamen Sprachferien mehr. Wir hatten uns unendlich viel zu sagen. Aber nicht nur das. Die Qualität unserer Gespräche war von außergewöhnlicher Tiefe und von seltener Thematik. Dimensionen der geistigen Umwandlung, Tod und Sterben, Parallelwelten, Reinkarnation, Synchronizität, Materie, Physik, Feinstofflichkeit, Universum, Seiendes und Nicht-Seiendes. Mit Tamara kam die Transzendenz zu mir und in mein Leben. Mit Tamara sah die Welt plötzlich anders aus. Mit Tamara kam ich zu Erkenntnissen, von denen ich bislang nichts ahnte. Tamara war ein Geschenk für mich. Und auch genau zum richtigen Zeitpunkt.

Kein Mensch begegnet dir zufällig in deinem Leben

Anke, *die Mitfühlende und Liebevolle*

Anke habe ich von Herzen lieb. Anke ging mit mir zur Schule, ich kenne sie seit 56 Jahren. Sie war schon damals ein stilles, sanftes, liebes Mädchen.

Immer bescheiden im Hintergrund, ruhig und ausgeglichen, zurückhaltend, freundlich und hilfsbereit, begabt mit einer außergewöhnlich hohen Intelligenz, von der wir alle nur träumen konnten. Es schien, als müsse sie sich für gute Noten niemals anstrengen, als fiele ihr im Schlaf zu, was wir uns mühsam erarbeiten mussten.

Wir saßen zwar nur zwei Tischreihen voneinander entfernt, mochten uns auch, hatten aber keinen intensiveren Kontakt zueinander. Was Anke mir an großartiger und regelmäßiger Hilfe erwies, waren die Reparaturen meiner verzweifelt hergestellten Handarbeitsdeckchen. Schon schmuddelig und verkrümpfelt gab ich sie ihr, erhielt sie am nächsten Tag jedoch perfekt und ordentlich verarbeitet zurück. Aus dieser aussichtslosen Lage befreite sie mich immer wieder auf selbstverständliche, bescheidene Art. Für uns alle war Anke eine angenehme und sympathische Mitschülerin, die jeder mochte.

Es begab sich, dass wir uns nach vielen, vielen Jahren bei einem unserer Klassentreffen im Gespräch anfreundeten.

Ich fand ihre Ansichten interessant, ihre Art sich auszudrücken beeindruckend und freute mich, sie endlich etwas näher kennenzulernen. Eine patente Frau, mit einem Schatz an Erfahrung und einem - wie ich spürte – recht schweren Rucksack.

Wie froh bin ich heute, dass Anke mir eine so

wunderbare Freundin ist. Ich wüsste nicht, was ich ohne ihre Hilfe und freundschaftliche Liebenswürdigkeit täte. Da sie auch wie alle anderen weit weg wohnt, bleiben uns die Telefonate. Die aber regelmäßig zwei- bis dreimal pro Woche, Dauer ca. 1-1,5 Stunden, in denen wir je nach neuesten Lebensereignissen in die Tiefe gehen und uns austauschen. Offen vertraue ich ihr meine Herzensprobleme an, wie keinem anderem, denn ich weiß, Anke ist ein Mensch, der schweigen kann.

Ich fühle mich bei ihr besonders gut aufgehoben. Anke versteht alles zweihundertprozentig und geht voller Wärme auf meine Gedankenknoten ein. Ihre Sprache ist ruhig und wohl akzentuiert, ihre Stimme angenehm und wärmend weich. Sie hat oft erstaunlich gute und einfache Lösungen, die mir sofort einleuchten und nach denen ich mein Handeln ausrichten kann. Warum? Weil auch Anke, genau wie ich, viele Schicksalsschläge zu verkraften hatte und das gibt ihr die Weisheit, die Probleme ihrer Mitmenschen mühelos nachzuvollziehen.

Anke hat unermesslich viele Bücher gelesen. Sie ist auf zahlreichen Gebieten bewandert. Ob es medizinische Fragestellungen oder klassische Sinfonien sind, die russische, englische oder französische Sprache, historische Begebenheiten, politisch Aktuelles, Religiöses, Philosophisches oder Psychologisches oder ob es sich um japanische Strickmuster handelt, Anke wirkt auf mich wie ein wandelndes Lexikon mit einem Meer von Wissen. Ich frage sie oft, wenn ich bestimmte Sachen wissen möchte. Falls sie es ausnahmsweise mal nicht weiß, versucht sie es logisch herzuleiten, was auch dann für mich plausibel ist. Anke ist ein sehr sozialer und ausgesprochen altruistischer Mitmensch, dessen Herz sofort anspringt, wenn es etwas zu helfen oder zu erledigen gibt. Wie oft hat sie mich schon mit einem Päckchen überrascht, in dem beispielsweise Halsbonbons oder Tempotaschentücher lagen, weil ich am Tag zuvor vielleicht beiläufig erwähnt habe, ich hätte Halsschmerzen und es sähe nach Erkältung aus. Jedes Mal liebevoll verpackt und mit einer farbigen Karte versehen, auf der sie mit anteilnehmenden Worten auf mich und meine momentane Situation eingeht, wird ihre Freundschaft mit kleinen Gesten ganz konkret. Für andere da sein, für andere leben, für andere etwas tun – das gehört zu Ankes großen Lebensmottos. Als meine Eltern noch lebten, schickte sie pünktlich zu den Geburtstagen fröhliche Blumensträuße oder brachte ihnen Asti Spumanti und teures Konfekt mit.   Anke konnte nicht anders.

Nach einem Kaffeebesuch bei mir, wollte sie

unbedingt das Geschirr spülen. Obwohl ich vehement widersprach, ging sie in die Küche und spülte ab. Ich war etwas sauer, weil ich bestimmte Spülbürsten zur Unterscheidung von Gläsern, Tassen und Tellern verwende. „Hast du etwa meine blaue Spülbürste genommen!!" Als sie glaubhaft verneinte, besänftigte mich das. Doch seitdem sagen wir: „Pass bloß auf, wenn du irgendwann an meinem Grab stehst, dann kommt der Geist mit der blauen Spülbürste!"

Anekdoten - mal ernst, mal heiter

Die Mutter

Ich lehne mich zurück und blinzle in die Nachmittagssonne. Einen Latte Macchiato trinkend betrachte ich das bunte Geschehen auf dem Marktplatz. Jugendliche und Ältere, Touristen und Einheimische, Familien, Großeltern und Kinder, Singles und Paare, Hausfrauen und Geschäftsleute strömen an mir vorbei wie in einem Großstadtfilm. Hier abgehetzte Menschen mit hastenden Schritten, dort beschaulich schlendernde Paare, die zum Fotografieren stehenbleiben, dazwischen eine lachende Gruppe

Jugendlicher mit Turnschuhen, Handy und Rucksack, bisweilen einsam gebrechliche Menschen an Krücken und Obdachlose, die für ihre Obdachlosenzeitung werben.

Nur das Äußere kann ich sehen. Im Innern schleppt jeder einzelne ein Schicksal mit sich herum. Ich fühle mich heute müde und krank. In der Nachmittagssonne beim Latte Macchiato will ich gerade in die beklagenswerte Opferrolle abgleiten, als ich in der Menge eine dünne Mutter sehe, die ihr behindertes Kind im Rollstuhl an den Menschen vorbei manövriert. Der Junge gibt seltsame Laute von sich. Taktlos drehen sich die Leute um. Die dünne Mutter schiebt ihr Kind zielstrebig übers Pflaster, sieht nicht nach rechts, nicht nach links. Dennoch, in ihrem unbewegten Gesicht lässt sich die Bürde erkennen, die sie trägt. Wie mag sich ihr Leben plötzlich verändert haben durch ein behindertes Kind? Ist sie alleinerziehend? Woher nimmt sie die Kraft, Tag und Nacht für ihr Kind da zu sein? Ob sie finanziell abgesichert ist? Hat sie Freunde, die ihr helfen? Wie kann sie den Anblick fröhlicher, gesunder Kinder ertragen?

Während ich diesen Gedanken nachsinne, werde ich zusehends kleinlauter und demütiger... Wieviel Glück umgibt mich jeden Tag ! Wieviel Freude schenkt mir das Leben Tag für Tag aufs Neue ! Nachdenklich und etwas wehmütig verlasse ich langsam den Marktplatz.

Nächtliche Kapriolen

Kurz nach 22 Uhr fahre ich von der Betriebsfeier meiner Firma zurück nachhause. Ich bin müde und freue mich auf mein warmes Bett. Mein kleiner, alter Opel führt mich die lange Strecke zuverlässig durch die dunkle Nacht bis vor die Haustür.

Ich stecke den Schlüssel in die Wohnungstür um aufzuschließen. Was ist das? Der Schlüssel dreht sich nicht. Von innen steckt ein Schlüssel. Ich klingle. Nichts tut sich. Ich klingle mehrmals Sturm. Nichts. "Da hat Sebastian vergessen, den Schlüssel abzuziehen und schläft jetzt tief und fest", fluche ich vor mich hin. Ich klingle wieder und wieder. Ich versuche es übers Handy. Lang und regelmäßig ertönt das Freizeichen. Nichts. „Was mach´ ich jetzt mitten in der Nacht? Ich geh´ zur Polizei," fällt mir als erstes ein.

Im dünnen Kleid stehe ich auf der Straße vor dem Polizeibeamten. Es ist mir nicht wohl zumute. "Was der wohl von mir denkt? Junge Frau nachts vom Mann ausgeschlossen, sucht Schlafplatz..." Die Polizei rät mir, meine nächsten Bekannten und Verwandten anzurufen. Die Schwiegereltern von Sebastian wohnen in Bergdorf, da komme ich gerade her.

Ich klingle beim goldenen Schwan. Der Wirt erklärt mir brummig, er sei um diese Zeit ausgebucht. Hat wohl Angst, ein wütender Ehemann kommt nachts daher und randaliert... „Ich kann Ihnen höchstens mein Bett anbieten," meint er. Das ist ja die Höhe! Schnell verlasse ich das Hotel. Ich fahre über die Brücke zurück und klingle beim nächsten Gasthaus. In der Sprechanlage meldet sich eine männliche Stimme. Ich bin zunehmend durcheinander und frage nur: „Kann ich bei Ihnen schlafen?" Sogleich wird mir bewusst, wie dämlich die Frage ist, setze mich ins Auto und fahre weiter. Inzwischen ist es halb zwölf nachts. Ich rufe meine Schwiegereltern in Bergdorf an.

Meine Schwiegermutter versteht mitten in der Nacht das zusammenhanglose Gestammel von mir nicht. Ich bin aber erleichtert, einen Platz zum Übernachten zu haben.

30km durch den dunklen Wald dieselbe Strecke wieder zurück, die ich vor einer Stunde gekommen bin. Ich stelle mir vor, wie Sebastian friedlich in seinem Bett liegt, tief und fest schnarcht und sich wundert, dass ich morgen nicht da bin... "Du alter vergesslicher Bär, warum verschusselst du immer alles?" In Bergdorf steht schon die Schwiegermutter mit dem Nachthemd für mich im Treppenhaus und empfängt mich lächelnd.

Ich erzähle ihr kurz die Geschichte, sinke ins Bett und schlafe ein.

Die Hände in den Hosentaschen und mit grinsendem Gesicht steht Sebastian am nächsten Morgen vor meinem Bett. Verschlafen murmele ich „Du Schuft." Seine Mutter habe ihm schon von meiner nächtlichen Odyssee erzählt und dass ich bei keinem der Wirte schlafen wollte, sagt er, nimmt mich liebevoll in die Arme und küsst mich zärtlich. Damit hatte es seine Bewandtnis.

Gestohlen

Heißes Badewetter, 38° im Schatten, schnell die Sachen packen und ab ins Schwimmbad. Brütende Hitze schlägt mir entgegen, als ich zum Bahnhof gehe, wo mein Auto steht. Ich wünschte, schon im kühlen Nass zu sein und steuere auf meinen Parkplatz zu. Doch da steht kein Opel Kadett. „Komisch, ich hab´ ihn doch vorgestern hier abgestellt. Warum ist er nicht da? Hm, hab´ ich ihn am oberen Tor geparkt? Vermutlich..." denke ich und gehe den ganzen Weg wieder zurück. Die Hitze ist unerträglich, jeder Schritt eine Qual. „Bleibe ich besser zuhause? Nein, ich gehe schwimmen. Bin ja gleich da," denke ich und schaue auf die geparkten Autos. Auch hier kein weißer Opel Kadett. „Mein Gott," es wird mir schwindlig, "mein Auto ist weg. Gestohlen. Einfach gestohlen und weg," überfällt es mich. Ich werde panisch, „hab´ ich ihn vielleicht doch am Marktplatz übersehen?" Ich mache kehrt und quäle mich dieselbe Strecke nochmal zurück.

Es ist mir höllenheiß, nicht nur äußerlich. „Hab´ ich den Wagen vielleicht vor einer Garage geparkt und er wurde abgeschleppt?" hoffe ich. Das wäre das geringere Übel. Ich schaffe es kaum noch zum Bahnhof, sehe aber gleich, dass mein Auto auch hier nicht steht. „Abgeschleppt oder gestohlen," ziehe ich Bilanz. „Was mache ich jetzt?" In diesem Augenblick sehe ich die Autonummer von Kathrin, die mit ihrem silbernen Ford langsam auf mich zurollt. „Mein Auto ist weg, gestohlen, wir müssen zur Polizei, kannst du mich hinfahren? Bin schon dreimal die Strecke abgegangen," Kathrin beruhigt mich: „Jetzt fahren wir erst nochmal ´rum und suchen es, dann fahre ich dich zur Polizei. Hast du es vielleicht woanders abgestellt?" Ich verneine die Frage, da ich nur diese beiden Parkplätze benutze. Behutsam chauffiert Kathrin mich durch die engen Gassen. Ich kann vor Aufregung nicht sprechen. Mehrere weiße Autos, aber kein Opel Kadett mit meinem Kennzeichen.

Vor der vermeintlichen Garage steht auch kein Auto. Ich klingle an dem Haus, um zu fragen, ob in den letzten zwei Tagen ein weißer Opel Kadett hier abgeschleppt wurde. In dem Haus ist es still, niemand öffnet. „Das gibt`s doch nicht. Es ist einfach weg, gestohlen." Kathrin blinkt und ordnet sich auf dem Weg zum Polizeigebäude ein. „Du kannst abkürzen, wenn du den Sonnenwink... ich weiß, ich weiß" schreie ich „ich weiß, wo`s steht!! Direkt vor meiner Haustür, im Sonnenwinkel, jaaa, da hab ich`s vorgestern hingestellt," freue ich mich aufgeregt. „Da parke ich nicht oft, deshalb hatte ich diesen Platz nicht auf dem Schirm."

Wir rollen in den Sonnenwinkel – ganz still wartet dort mein kleines weißes Auto auf mich. Neben der Erleichterung steigt gleichzeitig ein unangenehmes Gefühl in mir auf: Alzheimer lässt grüßen ...?

Der Nebelgeist

Max sitzt alleine vorne am Einzeltisch und grinst. Ich beginne mit dem Unterricht, aber irgendetwas stimmt heute nicht in der 10a. Mehrere Schüler grinsen verstohlen, andere bemühen sich um einen harmlosen Gesichtsausdruck. Es geschieht nichts. Nein, außer dem langweiligen Vokabelabfragen geschieht nichts. Nach etwa einer Viertelstunde, als ich mich von der Tafel wieder zur Klasse umdrehe, steigt seltsamer weißer Nebel im Klassenzimmer auf. „Hä?" mache ich „was ist das?" Max grinst. Keiner sagt etwas. Ich sage auch nichts, schreibe an der Tafel weiter, doch jedes Mal kurz nach dem Umdrehen stinken weiße Nebelschwaden durchs Klassenzimmer. Max grinst, Ich grinse jetzt auch, habe Max im Verdacht und stoße mehrmals vorsichtig mit dem Fuß gegen einen Rucksack. „Isses da drin?" frage ich. Nichts passiert. Die Klasse amüsiert sich sichtlich. Ich spiele mit. Ich suche den Raum nach dem Nebelgeist ab, sehe und höre nichts Außergewöhnliches. Die Klasse kichert und gluckst vor Lachen. Ich beschließe, weiterzumachen mit dem Text. Dabei fällt mir der besonders unschuldig lauernde Gesichtsausdruck von Felix auf.

In der Pause – die Schüler sind nicht im Raum – entdecke ich unter dem Tisch von Felix eine kleine Nebelmaschine. Mit diebischer Freude verstecke ich das Gerät bei meinen Sachen vorne am Pult. Die Schüler kommen zurück ins Klassenzimmer. Der Unterricht geht weiter.

Felix blickt sich suchend um. Er wird nervös, furchtbar nervös. Die Schüler beginnen zu tuscheln, Max in der ersten Bank grinst nicht mehr. Nach einer Weile grinse *ich*, setze aber den Unterricht fort. Erleichterung macht sich breit - besonders bei Felix.

Nach dem Unterricht nehme ich Felix zur Seite und ermahne ihn, dass er vorsichtig sein solle, es mit dem Einsatz der Nebelmaschine im Unterricht auch mal schön schief gehen könne und er Konsequenzen zu befürchten habe. Es ist ihm sichtlich unangenehm.

Starfighter

Mit dem Rücken zur Klasse schreibe ich den letzten Satz an die Tafel. Als ich mich umdrehe, sitzen alle Schüler unter den Tischen. „Die Russen kommen", hallt es durchs Klassenzimmer. Ich bin innerlich amüsiert über so viel Einfallsreichtum... „Euch geb´ ich Saures," denke ich, sage aber nichts und warte still. Und warte und warte. Langsam werden einzelne Schüler unruhig unter den Tischen. Noch immer warte ich. Plötzlich rufe ich: „Achtung! Die Jagdbomber kommen. Flach auf den Boden legen." Einige Schüler beginnen zu kichern. „Ruhe da drüben, der Feind hört euch. Wollt ihr euch jetzt mal flach auf den Boden legen." Willig legen sich die Schüler auf den Boden. „Und jetzt auf dem Bauch zum Nachbartisch robben," befehle ich. „Alter, das ist ja schlimmer als im Krieg," stöhnt der dicke Ferdi. „Stopp. Absolut unbeweglich bleiben – die russischen Kampfjets sind jetzt direkt über uns. Hört ihr das Dröhnen? Das sind jetzt die Starfighter. Bewegt euch nicht. Wer aufsteht, wird von den Jagdbombern abgeschossen." Zehn lange Minuten lasse ich die Klasse unter den Tischen liegen, bis die Gefahr der russischen Invasion vorbei ist. Ein zweites Mal probieren sie das nicht bei mir!!

Ihre Daten

Seltsames Kichern und Tuscheln, kurz nachdem ich ins Klassenzimmer gekommen bin. „Was ist los?" frage ich freundlich. Moritz und Achim sagen verlegen: „Wir wollten mal Ihre Daten haben." „Und wozu?" frage ich. Antwort: „In Rothburg wird ein neues Altersheim gebaut. Wir wollten Sie da anmelden."
Ich amüsiere mich darüber. Die kecke Art, wie die Jungs im 21. Jahrhundert mit mir reden, ist völlig

normal, harmlos und freundschaftlich. Noch vor 40 Jahren wäre es unmöglich gewesen, derart mit unseren Lehrern zu reden, geschweige denn, die Russen kommen zu lassen oder eine Nebelmaschine im Klassenzimmer zu betätigen. Direktoratsverweis und Schulausschluss hätte es gegeben, heute geht man humoriger und freundschaftlicher miteinander um.

Sei nicht traurig, dass es vorbei,
sei glücklich, dass es gewesen...

Einmal Pferde, immer Pferde

Mit den Pferden kam etwas Edles, Gutes und Kraftvolles in unsere Welt. Die Natur hat mit ihrer Schönheit nicht gespart:

Ob ein Araber mit sensiblen Nüstern, zarten Fesseln und kleinen wohlgeformten Hufen, ob ein kompakter Norweger mit falbenfarbenem Fell, kontrastreichem dunklen Schweif und dunkler Mähne, mit liebenswertem Kopf und lebendigem Auge, ob ein schwerer Friese mit starkem Behang und kräftiger Hinterhand, ob ein wohlgeformter hochrahmiger Brauner mit glänzendem Fell oder ein temperamentvoller Schimmel – endlose Beispiele gäbe es – die Natur hat auch bei den Pferden gezeigt, was sie kann.

Wäre da nicht allzu oft der Mensch, der als Reiter unwissend und unvermögend beim Reiten hinter der Bewegung des Pferdes bleibt oder das Pferd mit unruhiger Hand im Maul stört, um nur einige reiterlichen Untugenden zu nennen (ich selbst nehme mich dabei nicht aus). Die Reitkunst – Kunst kommt von Können! – ist im engsten Sinne eine Kunst harmonischer Kommunikation zwischen Pferd und Reiter. Jedes Pferd ist anders in Temperament und Charakter, jedes Pferd nimmt die Hilfen des Reiters anders an. Oder gar nicht, wenn es nicht will. Das signalgebende Spiel der Ohren zu beachten und sich in die Bewegung des Pferdes einzufühlen - das Pferd in seinem Wesen *lesen* zu können, das wäre der Idealfall.

Auf die herrlichen Reiterlebnisse mit meinem Mann und den Kindern nicht nur an der Nordsee, in Andalusien, im Schwarzwald, im Bayerischen Wald, nein, auch auf die vielen Hallen -und Unterrichtsstunden blicke ich mit großer Freude zurück. Heute sehe ich mit Bewunderung, wie sich die jungen Mädchen leicht und locker in den Sattel schwingen, hatte ich doch in meinen letzten Reitstunden eine Aufsteigehilfe nötig! So geht alles seinen Gang im Leben... Vorbei die herbstlichen Fuchsjagden, das rasante Galoppieren am Strand und die winterlichen Ausritte im Schnee.

Alles vorbei, aber nicht schlimm, denn allein die Vorstellung, ich müsste im Alter alles noch einmal „sportlich bewältigen" ist schon anstrengend!

Als Genuss bleibt im Alter das unmittelbare Beobachten und Miterleben von Reitstunden jugendlicher Pferdeliebhaber.

Wie selbstverständlich gehen die jungen Reiterinnen beim Putzen, Satteln und Trensen mit den Pferden um! Es geht einem das Herz auf, spürt man die Liebe und Vertrautheit zwischen den jungen Menschen und den Pferden...

Musik ist die Poesie der Luft (Jean Paul)

Als treuer Lebensbegleiter hat die Musik seit 60 Jahren einen hohen Stellenwert in meinem Leben. Im Alter von 11 Jahren begann ich zu musizieren, zuerst alleine, dann mit Klavierbegleitung. Später in der Gruppe oder im Orchester stets den richtigen Takt suchend, musste ich mühsam kämpfen. Saß jemand neben mir, der sattelfest im Takt war, lief alles wunderbar. Aber wehe, ich musste alleine meine Einsätze finden wie in der kleinen Kindersinfonie von Haydn. „Können Sie nicht zählen!!" schimpfte der Dirigent ärgerlich, wenn ich mein bemerkenswertes Solo von zwei Tönen „Kuck-Kuck" regelmäßig an den falschen Stellen flötete.

Den ewig unrealistischen Traum mühelos jedes Instrument zu beherrschen und die zweite Geige in einem guten großen Orchester zu spielen, habe ich nie zu Ende geträumt. Er bleibt eine Illusion, der ich gerne nachhänge. Warum auch nicht!

Voller Begeisterung besuchte ich mit 12 Jahren während der Orgelwoche alle Orgelkonzerte und war überwältigt von den majestätischen Klängen, wenn die Königin der Instrumente mit allen Registern strahlte. Auf diese Weise kam ich zur Barockmusik. Für sie gibt es besondere Momente.

Bach darf nie Hintergrundmusik sein, Bach verlangt volle Konzentration. Der Glanz barocker Trompetenkonzerte in festlicher Erhabenheit lässt in die Reinheit himmlischer Höhen blicken.

Verdi und Beethoven muss man laut hören. Beethovens mahnende Töne pochen an die Tür des Schicksals, mit dem Beethoven zeitlebens kämpft und die seine Musik so spannungsgeladen, doch immer harmonisch machen.

Verdi dagegen triumphiert über das Schicksal. Es gelingt ihm laute und leise Töne ineinander zu verweben, seine leisen Töne haben eine Ahnung von dem, was wir oft nicht begreifen...

- Ist etwas so mächtig, die Herzen zu gewinnen,
  zu binden, zu fesseln die menschlichen Sinne,
  so ist es die Musik.
  Wird diese gehört, bewegt sie den Himmel, die
  Hölle, die Erd`.

- Das ist das Wesen der Musik, dass sie die Seele
  zur Harmonie des Weltalls stimmt. (Pythagoras)

- Musik ist die Sprache der Engel.

- Musik ist gehörte Ewigkeit.

Freiheit pur

Das einzig Schlimme war das allmorgendliche Aufstehen mit einem Körper schwer wie Blei. Nach sechs bis sieben Stunden Skilaufen am Vortag schienen wir jeden Muskel einzeln zu spüren. Doch wenn die Gondel langsam nach oben schwebte, die Dörfer unter uns immer kleiner wurden, wir uns bald über einzelnen Wolken befanden und uns dem Gipfel näherten, waren wir fasziniert von dem, was wir sahen: Weiße Schneeflächen, strahlende Sonne, blauer Himmel, schneebedeckte Berge – ein Märchenpanorama!

Und wie großartig war das, was uns jetzt erwartete: die Abfahrt ins Tal! Wenn die Geschwindigkeit mehr und mehr zunahm, die Skier sicher schwangen, gab es nur ein einziges Gefühl:

Freiheit!

Unermessliche Freiheit auf schier endlos weißen Flächen, Wind und Tempo – *Freiheit,* ein berauschendes Gefühl, das ich nur vom Skilaufen kenne.

Bemerkenswert

Und jedes Mal, wenn ich einen Einsatz höre oder sehe, empfinde ich dankbares Staunen, wie gut organisiert in unserem Land die Rettungsdienste sind: im Notfall schnellstens zur Stelle, ausgerüstet mit allen lebensrettenden Materialien. Menschen, die selbst ihr Leben für andere einsetzen, wenn sie den Einsatzwagen mit hohem Tempo beispielhaft durch den Verkehr manövrieren, sind ein Vorbild für den selbstlosen Dienst am Nächsten. Katastrophenschutz, Polizei, Feuerwehr, die in Sekundenschnelle handeln müssen, riskieren Leib und Leben in ihren Noteinsätzen ohne Wenn und Aber. Die Hilfsbereitschaft, der Mut zum Risiko und das Pflichtbewusstsein von Einsatzkräften im Rettungsdienst können nicht hoch genug gewürdigt werden.

Corona

"...nicht, wer wenig hat,
wer viel wünscht, ist arm."

„Es ist furchtbar," – „es geht mir alles auf den Geist," – „so eine schwere Zeit."
Eine ‚schwere' Zeit! Wenn ich das schon höre! Was wollen wir eigentlich noch ? Wir haben keine zerbombten Häuser, keinen Krieg, wir haben Lebensmittel in Hülle und Fülle, sauberes Trinkwasser, gute Luft, Freiheit, ein Dach über dem Kopf, wir müssen nicht nach Syrien fliehen, wir werden nicht verfolgt, wir leben in Sicherheit. Es geht uns in Deutschland sehr gut. Seit 70 Jahren keinen Krieg in unserem Land! Milliarden von Menschen können nur träumen von einem Schlaraffenland, in dessen riesengroßen Supermärkten 12 verschiedene Sorten Joghurt, 34 verschiedene Sorten Frühstücksmüsli, 17 verschiedene Paradiescremes, 68 verschiedene Kaffeesorten und 29 verschiedene Milchpackungen stehen, auf dessen Straßen Menschen nicht willkürlich erschossen werden, sondern Sauberkeit und Sicherheit herrschen, dessen Regierungsform keine Diktatur ist und dessen Menschen soviel Geld haben, sich ein Haus, zwei Autos, ein Boot, ein Ferienhaus, jedes Jahr zweimal Urlaub ... und, und, und leisten zu

können. Wir alle leben reich und verwöhnt umgeben von Überfluss und Luxus, durch den wir verlernt haben, das Wesentliche und Einfache zu schätzen.

In wie vielen Ländern unserer Erde herrscht Wasserknappheit? Wie oft am Tag müssen Frauen und Kinder weite Strecken zu Fuß gehen, um einen schweren Krug kostbaren Wassers nachhause zu tragen? Und wir? Mit Trinkwasser putzen wir, unsere Toiletten spülen wir damit. Gedankenlos. Gnadenlos. Gleichgültig. Unzufrieden darüber, dass wir nachts keine Partys feiern können. Unzufrieden, dass wir beim Einkaufen zwanzig Minuten lang eine Maske tragen müssen. Unzufrieden darüber, dass wir nicht täglich shoppen gehen können. Wie hohl muss man sein, wenn Glück von dem ganzen Kram in den Läden abhängt? Keine anderen Lebensinhalte, die die Persönlichkeit ausmachen und Zufriedenheit schenken? Kein Haustier, keinen Garten, keinen Sport, keine Musik, keine handwerklichen, künstlerischen oder geistigen Interessen?

Und wer es noch nicht weiß, im 21. Jahrhundert gibt es Telefon, Emails, SMS, Whatsapp, Messenger, Skype... Kontakte lassen sich prima damit halten. Man könnte ja auch wieder mal einen persönlichen Brief oder eine nette Karte schreiben, wenn man über mangelnde

Kontaktmöglichkeiten jammert. Mit etwas Kreativität lassen sich auch die Enkelkinder damit erreichen.

Aber es gibt auch andere Covid 19 – Situationen. Keine Frage. Auf den Intensivstationen, wo Menschen um ihr Leben ringen, Ärzte und Pfleger in Dauerbelastung bis an den Rand der Erschöpfung um Menschenleben kämpfen oder Menschen, die durch den Lockdown ihre Existenzgrundlage verlieren. Kinderreiche Familien, die in beengten Wohnverhältnissen leben und den natürlichen Bewegungsdrang ihrer Kinder aushalten. Dennoch erleben wir all das in Friedenszeiten. Unser Gesundheitssystem ist eines der besten auf der Welt und wir gehören zu den wohlhabendsten Ländern unserer Erde.

Den ersten Stresstest seit dem 2. Weltkrieg sollten wir gelassener angehen. Die wirtschaftlichen Aussichten für die kommenden Jahre sind alles andere als rosig, zwingen uns jedoch zum Umdenken... Endlich. Unser Planet braucht Erholung.

Glück

Tausende von Büchern wurden über das Glück verfasst. Hier nur ein paar Definitionen.

Vor 900 Jahren wurde mit dem mittelhochdeutschen Wort „Gelücke" das gute Ende eines Ereignisses benannt. Glücksforscher sprechen von einem subjektiven Wohlbefinden, das für jeden etwas anderes bedeuten kann. Glück ist genauso wie Liebe ein „Tätigkeitswort"... In Religion und Philosophie gilt Glück als vollkommene Erfüllung persönlicher Wünsche. Heute ist Glück laut Duden eine angenehme und freudige Gemütsverfassung, ein Zustand innerer Befriedigung und Hochstimmung. Glück ist ein wahrhaftiges Ja zu sich selbst und zum Leben.

Vom Sinn des Lebens

Als junges Mädchen zerbrach ich mir den Kopf über die Frage nach dem Sinn des Lebens – konnte ihn nicht finden. Wäre ja auch zu schön gewesen. Erst die Reife des Alters ließ ihn mich annähernd erfahren. Ja, Erfahrung, und das Überwinden vieler Krisen und Schicksalsschläge machten es möglich, dass sich eine Ahnung von dem herausfilterte, was der Sinn des Lebens sein k ö n n t e... Im Gespräch mit anderen Menschen ergab sich, dass für jeden Einzelnen von uns das Leben einen eigenen anderen Sinn hat. Das ist interessant, könnte man doch meinen, es existiere **der** Sinn des Lebens.

Dementsprechend habe ich sehr unterschiedliche Aussagen aufgeschrieben, allerdings nur positive. Der Sinn des Lebens ist...

- zu leben.

- die Liebe zu lernen, um das Leben zu lieben.

- zu leben. Und dabei glücklich zu sein. Denn, wenn man nicht glücklich ist, wozu lebt man dann überhaupt?

- mit sich selber klarzukommen, eine Familie zu gründen und das Leben zu genießen.

- möglichst viel zu erleben und die Zeit, die man hat, zu nutzen und auszukosten.

- rational betrachtet gibt es keinen.

- dass *du selbst* dem Leben einen Sinn gibst.

- die Endlichkeit und damit den Unsinn des Lebens zu akzeptieren.

- zu leben.

- nicht universell definierbar.
- Liebe und Wissen zu verbreiten über den Tod hinaus.
- jeden einzelnen Moment bewusst zu genießen und zu leben. Danach individuelle Selbstverwirklichung.
- zu akzeptieren, dass dein Leben mit dem letzten Herzschlag zu Ende ist. Erst dann ist das Leben vollkommen.
- eine Aufgabe. Man muss rausfinden, welche. Wenn man diese erfüllt, hat das Leben einen Sinn.
- zu leben.
- das Streben nach Zufriedenheit.
- das Leben selbst.
- es gibt keinen definierten Sinn.
- Streben nach Glücklichsein.
- zu lernen und innerlich zu wachsen
- Fortpflanzung. Das gilt für alle Lebewesen.
- zu leben bis man stirbt.
- seine kindlichen Träume nie zu verlieren.
- du selbst sein - mit allem, was dich ausmacht.
- Unser Leben macht *immer* Sinn.
- es gibt nichts, aber auch gar nichts Sinnloses in der Natur: und wir gehören dazu.

- Weisheit und Liebe zu entwickeln gegen Hass, Gier und Verblendung.
- der, den du ihm gibst.
- zu sein.
- biologisch betrachtet: zu überleben.
- das Leben wertschätzend zu leben.
- Liebe.
- Der Tod.
- Hauptsache gesund.
- Liebe und das Leben selbst (Lebendigkeit). Glück und Zufriedenheit, persönliches Wachstum.
- biologisch betrachtet ist der Sinn ganz profan die Arterhaltung. Indem unser Körper einen chemischen Hormoncocktail produziert und wir uns verlieben, wird dies gewährleistet. Nachkommen zu zeugen, sie überlebensfähig großzuziehen, unser Wissen und unsere Erfahrungen weiterzugeben und dann abzutreten. Allerdings können wir durch die Fähigkeit des Geistes, des Denkens diesen biologischen und instinktiven Sinn austricksen und für das eigene Leben einen anderen individuellen Sinn schaffen.

- *Glücklich zu sein und den Menschen mit all seinen Fähigkeiten zu dienen.*

Für mich ist die Liebe der höchste Sinn des Lebens. Im pantheistischen Sinn umfasst sie unsere gesamten menschlichen Lebensbereiche.

Einige Beispiele

- <u>Die Liebe zum Nächsten</u>: nicht nur Familie und Freunde zu lieben, sondern mit der inneren Bereitschaft zu leben, jedem Menschen mit Liebe, Toleranz, Wertschätzung und Wohlwollen zu begegnen. Das ist nicht immer einfach, man kann es aber üben. Authentisch zu bleiben ist die Voraussetzung.

- <u>Die Liebe zu Kindern</u>: welch große und schwierige Aufgabe ist es, Kinder „richtig" zu erziehen! Man kann gar nicht alles richtig machen. Die aktuelle Lebenssituation, Wesen, Fähigkeiten, Veranlagung, Temperament, Umwelt und vieles mehr lassen Erziehung zum Wechselspiel zwischen dem Kind und dem Erwachsenen werden. Nach dem Grundsatz „wenn die Kinder klein sind, gib ihnen Wurzeln, wenn sie groß sind, gib ihnen Flügel" bleibt die Verantwortung lebenstüchtige Menschen zu formen, die ihren Lebensweg stark und selbständig annehmen und gehen können.

-      <u>Die Liebe zur Arbeit und zum Beruf</u>: ohne Begeisterung und Liebe zum Beruf kann dieser nicht gelingen. Im Idealfall Beruf als „Berufung" zu verstehen.

-      <u>Die Liebe zur Natur</u>: der Mensch ist nur für den Menschen da, die Natur braucht uns nicht. Die großartige Intelligenz und Ordnung der Natur nicht nur zu bestaunen, sie auch dankbar liebend aufzunehmen und zu pflegen und zu erhalten.

Und nicht vergessen:
Die Liebe ist die höchste Frequenz im
Universum.

Nichts einfacher als das...

Denken und Danken, Leben und Lieben – wie nah liegt das beieinander, und doch können Welten dazwischen liegen. Jeder neue Tag bietet uns eine Fülle von Gelegenheiten an, um still zu werden und zu danken. Wer dankbar ist, der ist auch immer glücklich. Warum also unser Denken nicht mit Zufriedenheit und Freude füllen? Sind unsere Gedanken harmonisch und glücklich, leiten sie harmonische Schwingungen an unseren Körper weiter, verbessern die Zellen unseres Immunsystems, machen uns resilienter. Wir selbst haben es in der Hand, mit welchen Gedanken wir unser Gehirn, unseren Organismus, unsere Seele programmieren.

Positiv oder negativ? Mit Freude, Zufriedenheit und Dankbarkeit oder mit Missgunst, Ärger und Jammer?

Neben der menschlichen Fähigkeit des Denken Könnens besitzen wir zudem die Gabe Entscheidungen zu treffen. Wähle ich Liebe oder Hass? Hass zermürbt auf Dauer, macht krank und lässt verbittern, die Liebe dagegen macht uns großmütig, hilft zu verstehen und zu verzeihen, was vorher unüberbrückbar schien. Die Liebe als stärkste Macht und höchste Frequenz im All – sie sollte unsere gesamten Lebensbereiche

durchdringen und jeden Tag aufs Neue erfüllen.
Das Leben kann so großartig sein, sieht man es jeden Tag unter dem Blickwinkel von Dankbarkeit, Freude und Zufriedenheit. Nichts einfacher als das...

Noch etwas Poesie zum Nachdenken

Zeit ... ein Geschenk
Zeit ... mit Interessen füllen
Zeit ... mit Freude bereichern.
Zeit ... ist Leben.

Alles, was du im Leben tun kannst,
ist sein, wer du bist.   (Seneca)

**Zufriedenheit mit seiner Lage
ist der größte und sicherste Reichtum
(Cicero)**

*Warum konzentrierst du dich
in deinem kurzen Leben nicht
lieber auf die wesentlichen Dinge und
lebst nicht mit dir und der Welt in
Frieden?
(Seneca)*

**Übe dich auch in den Dingen,
an denen du verzweifelst.
(Marc Aurel)**

Die Redeweise ist das Abbild des Geistes.
(Seneca)

Der Geist, der sich gewöhnt, seine
Freude aus sich selbst zu schöpfen,
ist glücklich. (Demokrit)

**Unser Leben ist das,
wozu unser Denken es macht.
(Demokrit)**

Unvermeidliches trage mit Gleichmut.
(Seneca)

Fordere viel von dir selbst
Und erwarte wenig von den anderen.
(Konfuzius)

**Jeder ist in dem Maße unglücklich,
als er es zu sein glaubt.
(Seneca)**

Wenn das einzige Gebet,
das du im Leben sprichst,
DANKE heißt, das wäre genug.
(Meister Eckhart)

Es gibt keinen Weg zum Glück.
Glücklichsein ist der Weg.
(Buddha)

Die größte Offenbarung ist die Stille.
(Laotse)

Zeitfracht Medien GmbH
Ferdinand-Jühlke-Straße 7
99095 Erfurt, Deutschland
produktsicherheit@kolibri360.de